京大からタテ看が消える日

細見和之歌詞集
Hosomi Kazuyuki

澪標

京大からタテ看が消える日

細見和之 歌詞集

本書を、出会いから二〇年以上、親しく兄のように接し、大阪芸術大学での「詩論」の授業で自作を歌うことを快く了承してくれた、山田兼士（一九五三－二〇二二）に捧げる。

京大からタテ看が消える日　細見和之歌詞集　目次

Ⅰ

Ⅱ

Ⅲ

Ⅳ

装幀　森本良成

I

十三《じゅうそう》駅で乗り換えて

小便くさいここがはじまり
レールに映ってる
ネオンの灯り
かすかに漂うヘドの匂い
目を凝らせばたしかに
吐瀉物のあとが点々と、十三

十三駅で乗り換えて
ぼくには会いたいひとがあった
十三駅で乗り換えて
ぼくにはいきたい街があった

七年前の午前三時
このホームにきみは
空きビンみたいに転がってた
それから電話ボックスのなかで
どこか遠くへ運ばれたいと
激しく膝を折ったね、十三

十三駅で乗り換えて
ぼくには会いたいひとがあった
十三駅で乗り換えて
ぼくにはいきたい街があった

きょうもドアーズなんか口ずさんで
ゴミ箱を物色している
男の背中に

きみは「父」を見たりしているけど
ここは美しい電車の発着する
つまらない駅だ、十三

十三駅で乗り換えて
ぼくには会いたいひとがあった
十三駅で乗り換えて
ぼくにはいきたい街があった
十三駅で乗り換えて
ここで別れたこともあって
十三

梅田嫌いのラストスパート

暮れやすい空へむかって
ラブホテルの窓は、はめ込まれている
きょうも、ここからきみが現われ
不意に世界を獲得する
とてもありふれた出来事として

髪にはいやな落ち葉がいっぱい
短かすぎるコートは、きみの背中で燃やしてしまおう
冷たい風、冷たい腹を重ねて
季節の魚は溺れてゆくよ
この寒流《ながれ》にきみが素足で立った夜から

テニスボール
アリスのうさぎ
あの娘の性欲
俵万智
胸の高さにまで弾んでは
影も残さず行っちまうもの……

お茶のいっぱい、煙草の二服
散歩の合い間に、死人のキッス
むかつき、ななつき
やっつけちまえ
ここのつ心に太田胃酸
きみの言葉にもう退散

暮れやすい空へむかって

ラブホテルの窓ははめ込まれている
きょうも、ここからきみが現われ
不意に世界を獲得する
とてもありふれた出来事として

蝿

自殺は悪ではありません……
真剣に語る学生がいて
私の研究室の窓では
蝿が一匹、磨りガラスにぶつかっている

光の方向にむかって
右に左に上に下に
蝿は揺れながら
磨りガラスに頭をぶつけている

できれば私は

その蠅のように
生きたい
（そして、死にたい）
できれば私は
その蠅のように
生きたい
（そして、死にたい）

そういう考えを伝えられないまま……
夕日があかあかと
沈んでゆく
私の研究室の
同じ磨りガラスの窓に

ちゃらんぽらんな生涯

妻はおれのことを
ちゃらんぽらんと決めつける
すると娘もまねをして
まわらぬ口で言い立てる
チャンポラパン！
チャンポラパン！

高校時代のおれは
ドラムばっかりたたいてた
受験勉強から逃げて
いつもドラムをたたいてた

チャンポラパン！
チャンポラパン！

おれの使うドイツ語は
でたらめでちゃらんぽらん
学問の知識だって
あやふやでちゃらんぽらん
チャンポラパン！
チャンポラパン！

おれがくたばったときも
娘を先頭に
葬列はたしかに
進んでゆくに違いない
チャンポラパン！
チャンポラパン！

帰るところ

尼崎
伊丹
川西池田……
三田《さんだ》で雨が降りはじめて
相野ではとうとうどしゃぶりになった
そこから線路はゆったりカーブしている

藍本
草野
古市
南矢代……

まるで忘れていたひとの名前のように
駅の名がなんと親しく響くことか
けれども私が帰るのはもっと先だ

けぶるような雨にかき消された
遠い遠い線路の果て
雨水が合流して巨大な滝となって谷間を洗い
いましも稲妻がいく筋もの閃光を放っているところ
私が帰るのは
その先だ

II

蝶の歌

手で追うと
ひらひら身をかわす
網をつかっても
とどかない
でもじっとしていると
ぼくの肩にそっととまった
遠い、遠いむかしの
あなたのように

十分に悲劇的なことではないか
キスはおろか

ぼくは身動きひとつできなかった

陽が沈む
だんだん陽が沈む
時の流れを
とめられない
でもじっとしていると
風に吹かれて飛んでいった
遠い、遠いむかしの
あなたのように

十分に悲劇的なことではないか
キスはおろか
ぼくは身動きひとつもできなかった

かたつむりの歌

雨上がりの午後
かたつむりが
とがった石のうえを進んでる
ツノをゆったりくねらせながら
世界のいまを確かめている

私がそっと触れると
ひゅっと殻に閉じこもる
でもしばらくすると
またツノが伸びてくる
私のようなかたつむり

あなたのようなかたつむり
好奇心はかたつむりの姿をしている

かたつむりはいまつぎの一歩を
踏みだそうとしている
かたつむりは恐がりだけど
世界のあすを信じている

私がそっと触れると
ひゅっと殻に閉じこもる
でもしばらくすると
またツノが伸びてくる
私のようなかたつむり
あなたのようなかたつむり
好奇心はかたつむりの姿をしている

冬の風船

薬局でもらった赤い風船
下の娘がふくらまそうとしている

まだ息がこめられなくて
最初のひと吹きを私が入れたのだけれど

風船は娘のほっぺたより大きくなって
それから顔のさきにぐんぐん伸びていった

やがてお尻も胸も
風船みたいにふくらむのだろうか

空ではきょうも気流が冷たい

父と娘のソネット

母が泊まりで出かけた日
父と娘はたがいに不安な夜をむかえる
「おしっこ済ませた？」と父が問い
「カギかけた？」と娘がたずね

娘はリカちゃん人形を抱いて
父はこんな夜もウィスキーを手離せない
娘がようやく寝息をたてるころ
父は十何年ぶりの金縛りにあう

こめかみあたりの意識だけ目覚めて

体は微動だにできないのだ
ベッドにはひたひた押し寄せる波の気配
明け方までの時間を誰が知る?
寝返りひとつで奈落の底へ
暗い海に娘と父が浮かんでる

雨の仕事

娘をむかえに行く日なのに
さっきから強い雨が降っている
「ああ、死にたい……」
出がけ不意に口にして娘は
私をたじろがせた

娘は幼稚園の屋根の下
どんな遊びでしのいでいるのか
私はこの家の屋根の下で
本を読んだりノートに文字を写したり
大人の遊びをつづけている

もうすぐ雨をくぐって
むかえに行くのだが
ふたつの屋根のあいだを
隔てているような、結んでいるような
篠つく雨が降りしきって

手前の虹

結婚して間もないころ
妻とふたりで城崎へ出かけた
福知山線の丹波大山駅を過ぎたところで
窓の外に虹が見えた
山の彼方ではなく
山の手前
ほとんど手で摑めるすぐそこに
虹はかかっていた

その後三年で私たちは
早々と破局を迎えていた

私は昼間翻訳の仕事にかかりきりで
夜はひたすら酒をあおっていた
私が飲み疲れて眠るころ
ようやく妻は外の勤めから戻ってきた
やがて妻はいくつかの家財道具とともに
家を出た

それから月に一度だけ妻と食事したり
映画を観たりする日々が続いた
右往左往ののちに私たちは元の暮らしにもどったが
その間たがいに虹の話はしなかった
私たちのまなざしに
ぼんやりとしたその始まりと終わりまでを
まるで無防備に差し出していた
あの虹

ウンチをする私の娘は真剣である

便器にまたがって
わたしの娘がウンチをしている
両のまなこを引き寄せて
虚空の一点を睨みながら
まぶしい朝のトイレのなか
小さな鼻はかすかに上を向いている

いちばん近くて見えない場所に意識を集中するとき
あるいは捉えられそうで捉えられないものを
捉えようとするとき
ひとはこんな顔をするのだと

父は感心している

娘は目を閉じて
口をへの字に曲げる
すると臭気が父の鼻腔をよぎる
やがてポチャという音がして
ふうという娘の息とともに
父もいからせた肩をゆるめる

まぶしい朝のトイレのなか
「ふいて、ふいて」という声を
遠いまぼろしのように聞いている

家族の午後

一枚の百円硬貨
両手にはさんで
さっと片手に握る、さあ、どっち?
うえの娘が「ひだり!」と言い当てる

大きな洞のある二本の樹木
「パパ、うしろを向いてて……さあ、どっち?」
右を見ても、左を見ても
娘はもういなかった

すると川に小舟がやってきて

したの娘と妻を載せて
そのまま河口へと旅立った

優しい陽の照る
さびしい午後
やがて私もいなくなる

一枚の百円硬貨
両手にはさんで
さっと片手に握る、さあ、どっち？
うえの娘が「ひだり！」と言い当てる……

罪と罰

朝ごとに、わが家のまえに
黒い塊が落ちている
ぷよぷよとしたレバーのような
その塊を
夜明けまえに捨てにゆく
細い橋を渡って
王地山のふもとまで

べとつくタールのような
溶け出したアスファルトのような
そいつは日ごとに大きくなって

ある日私ひとりでは抱えきれなくなった
重くぐにゃぐにゃとしたその塊を
妻とふたりで捨てにゆく
そんな日々がはじまった

この一帯ではみんなが
こんなぐあいに暮らしているのか
尋ねるすべもないまま
傾いた星の片隅に
私たちは捨てた
捨てつづけた

まもなく私たちは
リヤカーを必要とするだろう
やがて子どもたちも
それを押すだろう

細い橋を渡って、王地山のふもとまで
黒い染みが点々と私たちの
軌跡を刻むだろう

Ⅲ

ぼくが生まれた二月二十七日

ぼくが生まれた二月二十七日
それはノアがはじめて乾いた大地を踏みしめた日
従順で抜け目のないノア、ぼくはそこが気に入らない
オリーブの枝をくわえて戻ってくる鳩も

ぼくが好きなのは鳩のまえに放たれたカラス
水浸しの大地のうえをぐるぐるまわりつづけた
エドガー・ポーの窓辺に、やってきたのはあのカラスではなかったか
「ネヴァー・モアー」という呪詛の声を繰り返して

眠れぬ夜にはひとびとは羽ばたきの音を聞く

いまだに身を落ち着ける場所のない大きなカラスの……
ぼくの誕生日は、ノアよりもこのカラスとともにある
いつかその両翼がぼくを遠くへ連れ去ってゆく

ぼくが生まれた二月二十七日
それはノアがはじめて乾いた大地を踏みしめた日……

どんなに静かな日でも

どんなに静かな日でも
コップを耳に近づけると
風の音が聞こえる
ぼくはその音を聞くのがとても好きだ
あなたと楽しく話していても
(この星のそと……
ぼくはふっと
コップを耳にやりたくなる

どんなに静かな日でも
コップを耳に近づけると

風の音が聞こえる
ぼくはその音を聞くのがとても好きだ

こうしてわたしとあなたが抱き合っていると

こうしてわたしとあなたが
抱き合っていると
空を大きな鳥の影が舞った
陽の光が睫毛のように降ってきた

こうしてあなたとわたしが
抱き合っていると
舟はどこまでも波間をすべってゆき
約束もするすると解かれていった

人屋《じんおく》を離れた日々の明け暮れ

それも蛍火のような一瞬の耀きだと
わたしたちはひそかに
言葉を呑んで、観念して

水のように透きとおってゆく
あなたの白い肉体に
苦いものをわたしは何度も吐き出した
わたしの岸辺はどこにも見あたらない

こうしてあなたとわたしが
抱き合っていると
記憶と時間があかあかと
照らされるのだ、あかあかと

こうしてあなたとわたしが抱き合っていると……

虹のない雨あがりの道

ひと筋、ふた筋
浮き上がっている
こんな車輪のひっかき傷に
ぼくは足をとられて
また靴を汚してしまう
百葉箱にも泥がはねて
ほんとにひどいどしゃぶりだったもの

虚《うつ》ろな祭日
ぼくの冷たい指先が
たとえば不意に、宇宙のへりを手探りする

「宇宙なんて嘘だ
地球のまわりは暗いだけさ」
そう呟いては
もっと暗い空間に言葉を吹き上げるひとたちよ

歌っておくれよ
屋根裏の星々を
歌っておくれよ
その消滅を
歌っておくれよ
路地裏のフライパンを
歌っておくれよ
その輝きを

歌っておくれよ
夜明けのパンを

歌っておくれよ
その空洞を
歌っておくれよ
彼女のまっしろい胸
そこを泳ぐひとむれの魚たちを

すてきなレインシューズを買おうよ
水たまりを映して歩くのもいいね
虹のない雨あがりの道なら

今回の震災に記憶の地層を揺さぶられて

「また來ん春と人は云ふ」
「また來ん春と人は云ふ」――

中也の詩句を口ずさみながら
私はその長い坂をときどき下っていった
阪急の王子公園駅から、阪神の西灘駅まで
途中に暗いトンネルがあって、それを抜けると小さな街灯がぽつんとあった
振りむくと、私の長い影が揺れていた
私が手を振ると、私の影も手を振って
(ばいばい)
あっけなく

そこで自分と
別れたこともあった

一九八五年、私は二十三歳で
西灘駅のそばのアパートの二階
夜間の仕事をおえて帰ってくるそのひとを待ちながら
短い卒業論文と長い詩を書いていた
それから不慣れなアルバイトをして
左足に浅からぬ傷を負った
松葉杖をついて、錆びついた鉄の階段を
一歩一歩あがってゆく
自分を笑うことさえできなかった

十年後の冬
その町を大きな地震がおそった
さらに半年後の夏の夕暮れ

西灘駅に降り立つと
もうあのアパートは跡形もなかった

私には何かが欠けている
ひとと触れてゆく自然な温もりのようなものが欠けている
地震よりも不意打ちに
私たちを揺さぶって通りすぎるもの
地震なんかよりもっと不意打ちに
私たちを揺さぶって通りすぎるもの

「また來ん春と人は云ふ」
「また來ん春と人は云ふ」――
思わず喉を押さえて
星座をあおいだ夜
まだ瓦礫の残る町で
無数の私が

手を振っていた

＊「また來ん春と人は云ふ」は、中原中也「また來ん春……」（詩集『在りし日の歌』所収）の冒頭の一行。

Ⅳ

生きることを恐れないで

おぼえているか、トンカツの味を
おぼえているか、カレーの辛さを
おぼえているか、味噌汁のにおい
おぼえているか、夕焼けの色

恐れるな、恐れるな
恐れるな、恐れるな
ただ生きてゆくことを
恐れないで

おぼえているか、お堀の桜を

おぼえているか、デカンショの花火
おぼえているか、はじめてもらったラブレター
きみがかき鳴らした、スモーク・オン・ザ・ウォーター

恐れるな、恐れるな
恐れるな、恐れるな
ただ生きてゆくことを
恐れないで

明日からはきっと
きっと晴れるさ
きみの夢だって
かなうさ

廃墟

夢に見た　美しいくに
夢に見た　勇ましいくに
夢にまで見た　誇らかなくに
目覚めれば　廃墟

おれのじいさん、皇軍兵士
大陸でのことは、何一つしゃべらなかった
おれのかあさん、防空壕掘りつづけた
焼夷弾の雨のした、めしも食わずに

原爆落とされて

二発も落とされて
永遠平和、いつやって来る?
永遠平和、Wann kommst du?*
永遠平和、いまやって来い!

夢に見た　美しいくに
夢に見た　勇ましいくに
夢にまで見た　誇らかなくに
目覚めれば　廃墟
またしても　廃墟
そこいらじゅう　廃墟

＊ ドイツ語で「お前はいつやって来る?」

京大からタテ看が消える日

落ちたリンゴが枝に戻り
月が落下する日
アインシュタインならきっと言うでしょう
時計台のあるところ
必ず時空は、ゆがむって

そんな日が来るのだろうか？
そんな日が来るっていうのか？
そんな日がもう来てるのかもしれない
そんな日が……

鳥が空を飛ばなくなる日
魚が海を泳がなくなる日
学生も教員も、声をあげなくなる日
京大からタテ看が
京大からタテ看が消える日

キャンパスは、学生の思いを映す
カンバスだと
冬山で亡くなった友人は語っていたよ

そんな日が来るのだろうか？
そんな日が来るっていうのか？
そんな日がもう来てるのかもしれない
そんな日が……
京大からタテ看が消える日

夢のなかで約束の時間に遅れないように

夢のなかで約束の時間に
遅れないように
今夜は腕時計をつけたまま
眠りましょう

遠くにあなたを
見分けることができるように
きょうは眼鏡もはずさずに
眠りましょう

たとえあなたが

血まみれであっても
しっかり両腕に抱けるように
勇気も確かめて
眠りましょう

覚書

I

「十三《じゅうそう》駅で乗り換えて」　第一詩集『沈むプール』に収録している作品で、曲を付ける際にいくらか詩をいじっている。高校時代の同級生と五〇歳になって結成したtheチャンポラパンband（以下、バンド）の定番。たいてい一曲目に演奏している。バンドの現メンバーは石塚俊幸（ギター、ボーカル）、小南稔彦（ハーモニカ、パーカッション、ボーカル）、酒井重朗（ギター）、塚口徹（ベース、ボーカル）、細見（ボーカル、パーカッション）で、この曲は石塚がボーカル担当（なお、バンドには、小学校と中学校の同級生、川崎利孝がドラムで加わっていた時期がある）。この曲は職場（京都大学）の若い同僚、小林哲也（ドラム）との二人ユニット、ティーアガルテンでも演奏したことがある。

「梅田嫌いのラストスパート」　これも『沈むプール』に収録している作品で、こちらは曲を付けるときにかなり手をくわえている。こちらもバンドの定番。バンドでは塚口がベースを弾きながら歌う。

「蝿」　第六詩集『闇風呂』に収録の作品で、曲を付けるときに、最終連だけすこし言葉を補っている。これもバンドの定番で、バンドでは小南がボーカル担当。

「ちゃらんぽらんな生涯」　これも『闇風呂』に収録している作品だが、もとの詩をかなり圧縮した内容になっている。バンドのいわばテーマソングで、ボーカル担当は細見。曲のなかほどで石塚が合いの手を入れて、観客に呼びかける。

「帰るところ」　第五詩集『家族の午後』に収録している作品で、もとの詩から一行を削除しただけである。バンドの定番で小南がボーカル担当。だいたいステージでは最後の曲として演奏している。

Ⅱ

「蝶の歌」　詩集『闇風呂』に収録している作品がもとになっている。そのときのタイトルは「蝶の唄」。高校の同級生で小南のパートナーである小南智恵さんがコーラス曲にアレンジして、丹波篠山市のチルドレンズミュージアム（通称「ちるみゅー」）の合唱団で歌ってくれた。その際に、二番の歌詞をくわえた。初期にバンドでも演奏していて、その際のボーカルは細見。ちなみに、ちるみゅーの館長も同級生の垣内敬造さんがずっと務めている。

「かたつむりの歌」　これも『闇風呂』に収録の作品で、そこでのタイトルは「かたつむりの唄」。やはり小南智恵さんがコーラス曲にアレンジしてくれたときに、二番の歌詞をくわえた。こちらもバンドの初期に細見のボーカルで演奏していた。

「手前の虹」　詩集『家族の午後』の巻頭に収録している作品。一行を削除した以外はそのままである。こちらは、石塚俊幸と私の二人ユニット、ちゃらん&ぽらんで演奏したことがある。その際のボーカルは細見。

「冬の風船」　詩集『闇風呂』に収録の作品で、ひとことも変えないまま曲を付けている。もっぱら細見のソロ用の曲。

「父と娘のソネット」　詩集『家族の午後』に収録している作品。若干言葉を削っているところがあるが、ほぼ原詩のままである。これはちゃらん&ぽらんで演奏したことがある。その際のボーカルは細見。

「雨の仕事」　これも詩集『家族の午後』に収録している作品。若干言葉を削り、連の構成を変更している。もっぱら細見のソロ用の曲。

「ウンチをする私の娘は真剣である」　これも『家族の午後』に収録している作品。言葉はいじっていないが、原詩にはなかった連の区切りを入れている。細見のソロ用の曲。

「家族の午後」『家族の午後』の巻末に収録している作品。すこし言葉を変えているところ、削除しているところがあるが、基本的に原詩のままである。バンドで一時期演奏していた。その際のボーカルは細見。

「罪と罰」これも『家族の午後』に収録している作品。若干言葉を削っているところがあるが、ほぼ原詩のままである。これも細見のソロ用の曲。

Ⅲ

「ぼくが生まれた二月二十七日」第二詩集『バイエルの博物誌』から(三四‐三五頁)。この詩集は断章を並べた形で、個々の断章にタイトルはないので、一行目をそのままタイトルとしている。ほぼ原詩のままである。バンドで演奏していたことがあって、そのときのボーカルは細見。

「どんなに静かな日でも」これも『バイエルの博物誌』から(三二頁)。こちらも一行目をそのままタイトルにしている。こちらは原詩のまま。細見のソロ用の曲。

「こうしてあなたとわたしが抱き合っていると」『言葉の岸』の巻頭に

おいている「序詩」をもとに、かなりアレンジしている。ちゃらん&ぽらんで演奏したことがある。その際のボーカルは細見。

「虹のない雨あがりの道」『沈むプール』に収めている作品をいくらか圧縮してアレンジしている。バンドで演奏していたことがあって、その際ボーカルはミュージカルに取り組んでいる谷掛保子さんに担当してもらった。谷掛保子さんは、バンドの演奏の録音、ポスター作成などでサポートしてくれている同級生、谷掛正生さんのパートナーである。

「今回の震災に記憶の地層を揺さぶられて」『闇風呂』に収めている作品。ほぼ原詩に近いが、削った行、言葉を変えている箇所が若干ある。バンドで演奏していたことがあって、そのときのボーカルは細見と小南。

Ⅳ

「生きることを恐れないで」　これは詞と曲を同時並行で作ったので、原詩に相当するものは存在しない。短いイスラエル滞在期間中に作りはじめ、帰国後完成させた。バンドの定番で、ボーカルは細見と小南。

「廃墟」　これは第一連だけを最初に詩として書いていた。大阪府立大学（現、大阪公立大学）の同僚と安保法制に反対する有志アピールを発表する際に、その冒頭にリードとして置いていたもの。その後、その詩を膨らませて曲を付けた。したがって、第一連を除けば原詩は存在しない。ソロ用の曲だが、ティーアガルテンでの演奏も目指している。

「京大からタテ看が消える日」現在の職場である京都大学で進行している管理強化に抗議するアピール文に代えて書いた詩にもとづく。曲をつける際に削除と表現の整理を施している。ソロ用の曲だが、ティーアガルテンでも演奏している。

「夢のなかで約束の時間に遅れないように」『沈むプール』に収めている「傘、その他の断章」の第四節が原詩。ほぼもとの通りだが、若干表現をあらためている箇所がある。細見のボーカルでちゃらん&ぽらんで演奏したことがあるが、基本的にソロ用の曲。


あらためて、バンドのメンバーとティーアガルテンの小林哲也には、感謝の気持ちでいっぱいである。

あとがき

一〇年前、五〇歳になったときから、それまでに書いていた自分の詩に曲を付けることをはじめた。もちろん、曲を付けることなどまったく想定していない詩だった。きっかけは、高校時代の同級生と丹波篠山の地元でバンドを再結成したことである。

私が詩集『家族の午後』で三好達治賞をいただいた際、高校の軽音楽同好会の元メンバーが中心となって、二〇一二年三月に祝賀会を地元で開催してくれた。当然のごとく、元メンバーがギターを持ち出して歌うという場面もあった。その場がそれほど盛り上がったわけではなかったが、それぞれに思うところがあったのだろう。その五月初旬にバンドを再結成しようという話になったのである。そのとき私が考えたのは、高校時代のような、ツェッペリンやパープルのコピーバンドはやめて、オリジナルを演奏するバンドにしたいということだった。それで、オリジナル曲の演奏を前提にバンドを再結成することになったのだった。とりあえず、五月末を締め切りにして各自がオリジナルを持ち寄ることにした。

リードギターの石塚俊幸は高校時代からオリジナル曲を作っていたようだが、私はまったく経験がなかった。それでも、それまでに書いていた「詩」をもとにギターで曲を付けてみることを試みた。ギター自体、長いあいだほとんど触ってもいない状態だったが、かろうじて基本的なコードは頭と指に残っていた。それで、カポを付けたり外したりしながら、C、G、F、D、Am、Dm、Emなどを基本にギターを鳴らして詩を口ずさんでみた。すると五月後半のある月曜日、「蝶の唄」という詩にふと曲を付けることができた。自分でも不思議なことながら、それから一日に一曲、最後の土曜日と日曜日には二曲ずつ作り、一週間のうちに九曲ができたのだった。「蝶の歌」、「ちゃらんぽらんな生涯」、「手前の虹」、「帰るところ」、「家族の午後」、「こうしてわたしとあなたが抱き合っていると」、「かたつむりの歌」、「冬の風船」、「雨の仕事」の順番である。五月の奇跡、あるいは奇跡の五月と自分では呼んでいる。

五月末の時点で他のメンバーは曲を持ち寄ることができなかったが、九曲あればバンドとして十分と判断して、私たちは活動をスタートさせた。その後私の作曲ペースはぐんと落ちたが、それでも一年のあいだに二〇曲ぐらいに達して、さらに、中原中也、永山則夫、萩原朔太郎、宮沢賢治らの詩にも曲を付けた(バンドの演奏では、中也の「サーカス」に曲を付けたものが客席と一体となって盛り上がる)。

その後何年も曲が作れない状態が続いたが、ここ一年は、職場の同僚、小林哲也(ドラム、専攻はベンヤミンを中心としたドイツ文学・精神史)とのユニット、ティーアガルテンでの演奏を想定して、金時鐘さんの詩に曲を付けることに集中して、なんとか七つの詩に曲を付けた。ロシアのウクライナ侵攻のなかで、いたたまれない精神状況に置かれていたことも大きかった。そういった曲を含めて、現時点で手持ちのオリジナルは四〇曲である――実際には演奏しにくい曲もあるので、いささかサバを読んだ話ではあるが。

今回、こういう形で「歌詞集」を編みたいと思ったのは、一〇年の節目に、「歌詞」としてきたものを振りかえっておきたかったのと、「生きることを恐れないで」と「廃墟」など、「歌詞」としてしか存在しないものにも光をあてておきたかったという理由がある。しかし、ほんとうのところは、職場の京都大学でどんどん進行する管理強化のなかで、「京大からタテ看が消える日」という楽曲をこの機会にアピールしておきたかったのである。そこで全体のタイトルにもこれを選んだ。

いま京都大学執行部は吉田寮自治会との長い歴史をもつ関係を自らかなぐり捨てて、吉田寮生を相手に立ち退き裁判を継続している。建物の老朽化は表向きの理由で、自治寮潰しが本音である。自治寮を解体するために大学が裁判をつうじて寮から学生を追い出すなど言語道断と私は思う。現に、私の指導下にある学生で、その裁判で「被告」の位置に立たされ、勉学の時間を奪われている者がいるのだ。大学執行部はただちに提訴を取り下げて、吉田寮自治会との真摯な話し合いのテーブルに着いてほしい。

コロナ禍、ロシアによるウクライナ侵攻と、世界的に閉塞感の強い状態が続いている。私はそのコロナ禍が本格化する直前、二〇二〇年二月に吉田寮でソロのライブを行ったが、三年振りに同じく吉田寮で、今度はティーアガルテンとしてのライブを計画している。そういうことを積み重ねて、すこしでも私なりの抵抗の痕跡を刻んでおきたい。

細見和之

二〇二三年一月二十二日　丹波篠山にて

細見和之（ほそみ かずゆき）

1962年、兵庫県丹波篠山市生まれ。2014年10月から大阪文学学校校長。
2016年4月から京都大学教員。

詩集

『沈むプール』（イオブックス、1989年）
『バイエルの博物誌』（書肆山田、1995年）
『言葉の岸』（思潮社、2001年。神戸ナビール文学賞）
『ホッチキス』（書肆山田、2007年）
『家族の午後』（澪標、2010年。三好達治賞）
『闇風呂』（澪標、2013年）
『ほとぼりが冷めるまで』（澪標、2020年。藤村記念歴程賞）

主な詩評論書

『アイデンティティ／他者性』（岩波書店、1999年）
『言葉と記憶』（岩波書店、2005年）
『ディアスポラを生きる詩人 金時鐘』（岩波書店、2011年）
『石原吉郎』（中央公論新社、2015年）
『「投壜通信」の詩人たち』（岩波書店、2018年。日本詩人クラブ詩界賞）

詩の翻訳

イツハク・カツェネルソン『滅ぼされたユダヤの民の歌』（共訳、みすず書房、1999年）
イツハク・カツェネルソン『ワルシャワ・ゲットー詩集』（未知谷、2012年）

京大からタテ看が消える日
二〇二三年三月一日発行
著　者　細見和之
発行者　松村信人
発行所　澪　標《みおつくし》
大阪市中央区内平野町二 - 三 - 十一 - 二〇二
TEL　〇六 - 六九四四 - 〇八六九
FAX　〇六 - 六九四四 - 〇六〇〇
振替　〇〇九七〇 - 三 - 七二五〇六
印刷製本　亜細亜印刷株式会社
DTP　山響堂 pro.